KB189705

나의
슬픔은
슬픈
마법
이었다

나의 스물은 슬픈 마법이었다

발행일 2024년 10월 11일

지은이 김은주
펴낸이 손형국
펴낸곳 (주)북랩
편집인 선일영 편집 김은수, 배진용, 김현아, 김다빈, 김부경
디자인 이현수, 김민하, 임진형, 안유경 제작 박기성, 구성우, 이창영, 배상진
마케팅 김회란, 박진관
출판등록 2004. 12. 1(제2012-000051호)
주소 서울특별시 금천구 가산디지털 1로 168, 우림라이온스밸리 B동 B111호, B113~115호
홈페이지 www.book.co.kr
전화번호 (02)2026-5777 팩스 (02)3159-9637

ISBN 979-11-7224-318-0 03810 (종이책) 979-11-7224-319-7 05810 (전자책)

나의 스물은 슬픈 마법이었다

김은주 시집

북랩

차례

✦ 시인의 말 ✦

그 누군가에겐 첫사랑이었을 당신도 그때의 추억을 가슴에 품으며 살아가고 있으리라 여깁니다. 정말 긴 시간 빛을 잃은 채 묻혀 있던 글을 드디어 용기 내어 세상 밖으로 천천히 옮겨 보려 합니다. 지난 시절 이루지 못한 사랑에 가슴 아파 한 번쯤 밤새 눈물을 흘렸을 당신이기에, 나의 글이 슬프지만 아름답던 그때의 기억 속에 잠시 머무를 수 있었으면 하고 욕심내어 봅니다.

물심양면으로 지지해 주고 언제나 너른 가슴으로 나의 편이 되어 주는 남편과 엄마이기에 객관화할 수 없지만 어디서든지 자신의 몫을 충실히 해내고 있는 사랑하는 두 아들 그리고 자존감이 바닥칠 때나 하늘 높이 치솟을 때나 늘 함께 울어 주고 웃어 주고 있는 내 40년 지기 은숙이와 친구의 첫 시집에 기꺼이 동참해 준 재주 많은 우리의 40년 지기 캘리 권에게 감사하며.

2024년 귀뚜라미가 서글피 우는 9월의 마지막 밤에

너를 위한 시

널 위해 난
시인이 되기로 했다.
더는 나의 작은 마음을
지켜 줄 수 없다던
널 위해
시를 쓰기로 했다.

홀로 남겨진
어두운 작은 방에서
한없이 울게 만들었던
널 위해
시를 쓰기로 했다.

내 마음속을 가득 채워 버린
널 위해….

시인의 눈물

당신을 그리워하던
서러운 마음을
예서 접어 둬야 합니까?
긴긴밤을 눈물로 지새운
나의 앞을
다신 만나선
아니 된다며 지나갔습니다.

당신의 마음을
나의 기다림으로
열 수 없다면
이 많은 공백은
그냥 남겨 두렵니다.
나의 눈물로 눈물로
채우게 말입니다.

헤어짐은 슬픔

헤어짐을 준비하고 있는 건 아닙니까?

그렇다면 공감할 수 있을 겁니다.

그 사람에 대해서

좋은 인상과 즐거웠던 일

잘 대해 주던 일들만

떠오른다는 것을요.

애써 지우려 슬펐던 일

미웠던 일들을 생각해 내지만

그건 잠시뿐입니다.

그래서 헤어짐은 기쁨이 아니라

슬픔인 것입니다.

시를 쓰는 건

한 사람을 내 것으로
만들 수 없었던
나의 작은 마음이 싫었습니다.

그래서 난
시를 쓰기로 했습니다.

이 글 속에서 당신을 향한
나의 진심을 말하고 싶습니다.

그동안 당신을
힘들게 했던 나의 고통과
왜 당신이
나의 곁에 있어야 하는지를….

하지만 어리석게도

그 모든 것이

많은 시간이 흐른 지금에야

깨닫게 되었습니다.

눈물이 아깝지 않게

널 떠나오며 흘렸던
뜨거운 눈물이

밤새워 슬퍼하며
그리워하며
흘렸던 눈물이 아깝지 않게
네게로 다시 돌아가지는 아니하련다.

이별할 때

이별할 때 흔히들 말한다.
그 아픔을 정말 참을 수 없기에
널 만나지 말아야 했었다고.

만남이 헤어짐을
항상 동반하는 줄 모르고선 말이야.

만남이 그리 행복했다면 헤어짐이
뭐 그리 슬프단 말인가?

헤어짐은 만남의 즐거움을
조금 갖고 싶어 하는 것인데….

떠나는 임

떠나는 임은 냉정하더이다.

소리 내어 울며 불러도

그 뒷모습만 내게 보이더이다.

사랑이라는 것은 더욱 잔인하더이다.

남아 있는 내게 그리움만, 그리움만 남기더이다.

당신의 기억

향그런 아카시아 향기 속에
묻히길 바랐던
철없던 기대는 외로움의
눈물과 함께 되살아납니다.

텅 비어 버린 가슴을 채워 줄 수 있는 사람은
내겐 이제 없는 겁니까?
언제나 날 지켜 줄 것만 같았던 당신.
하지만 뒤돌아서 가던 당신.
날 슬프게 했던 그 뒷모습이
흐린 날의 뿌연 안개처럼
흐려지길 바랍니다.

다가갈 수 없음은

여전히 당신을
사랑하고 있습니다.
하지만 당신에게
다시 다가갈 수 없습니다.
당신이 지금 지켜 주고 있는
아름다운 여인이 있다면 말입니다.

지난날 당신과의 헤어짐이
내게 가져다주었던
슬픔과 눈물을 알고 있기에
다른 사람에게 이 아픔을
돌려주고 싶진 않습니다.

치유할 수 없는 상처는 나만의
몫이고 싶습니다.

당신의 모든 것이

당신을 이다지도
사모할 줄 몰랐습니다.

다만 그 눈빛과
웃음소리가 좋았습니다.

당신이 그 초라한 뒷모습으로
점점 멀어져 갈 때까지
모르고 있었습니다.

당신의 모든 것이
그리움이 되어 버릴지 말입니다.

가을

나뭇잎이 떨어지는
쓸쓸한 가을
이 가을과 함께
나를 남겨 두고선
당신은 조용히
낙엽 속으로 사라졌습니다.

이듬해 봄에 돋아나는 새잎은
당신의 모습이길 바랍니다.

당신을 잡지 못한
숱한 이유가
아직도 날 누르는
커다란 바위로 남아 있습니다.

돌덩이를 깨뜨리려 애쓰지만

튕겨 오는 잔재들은

오히려 내 가슴을

아프게만 찔러 댑니다.

첫사랑

첫사랑이란
지나갔을 때 알고
그것을 사랑이라 알았을 땐
다시는 되돌아갈 수 없는
멀고 먼 길을 걸어온 후이다.

여전히 한 사람을
그리워하며 기다리는 건
하나 될 수 없었던
그때의 작았던 마음이 안타까워서이다.

영원

당신을 기다리며 썩어 가는
이 고달픈 육체가
싸늘히 땅에 버려져
이 대지와 함께 타들어 가
마지막 나의 뼈가
서럽게 남아 있거든

곱게 곱게 빻아
한 줌은 서산에 뿌려 주고
나머지는 작은 강가에 뿌려져
새의 모이가 되고
물고기의 먹이가 되는
그 마지막 그 순간까지
당신을 기억할 겁니다.

무심함

거리엔 어둠이 짙어지고
가을바람은
더욱 쓸쓸하게 불어옵니다.

아무런 허락도 없이
감히 당신을
사모하게 되었습니다.

화려하게 타는
불꽃이 빨리 꺼져 버리고
감정이란 일시적일 수 있기에
한 사람을 좋아함으로 해서
그로 인해 빚어질 슬픔
감당해야 할 일들이
두려움으로 남아 있습니다.

하지만 당신은 이런 맘을

아는지 모르는지 차갑기만 합니다.

그래요, 당신은 아무런 잘못이 없습니다.

그리고 해 줄 수 있는 것도 없습니다.

멀리서 바라볼 수 있게 환하게 환하게

웃어만 주세요.

다가오는 이별

다가오고 있는 것이다.

느낄 수 있다.

헤어짐이란 게

새악시의 걸음걸이마냥

사뿐히 다가온다.

함께 웃고 즐길 때가 좋은 것이다.

이별도 만남도

또 다른 눈물을 만들어 놓는다.

조용히 아주 조용히 물러나야 함을 안다.

헤어짐의 슬픔을 딛고

이제는 날개를 펴야 한다.

움츠렸던 날개를 힘껏 펴고

날아올라 가자.

어릴 적 추억을 기억 못 하듯
지금의 너와 나를 잊어버릴 수 있다.
영원히 날 괴롭힐 거라면
지금 잊어버리자.

우연히 길에서 마주치더라도
우린 모르는 사이임을 알아야 한다.
널 떠나보내는 날….

너

우린 지극히 서로가 함께하길 바라는데
내가 네가 아니듯
너 역시 내가 아닌 것이다.

서로 깊은 곳에 숨어서 자라고 있는
알 수 없는 마음들이
표현이라는 실수를 하기 싫어
아름답게만 단장했던
감정들도 숨겨 버리고 만다.

인생을 살아감에 있어
수많은 사람과 더불어 살아갈 것인데
나의 젊은 날 너라는 존재는
그리움으로 자리 잡았구나!

잊어야 하는 마음 가슴 아프게

나의 뇌리를 스치며

두 줄기 눈물로 흘러내리는데

넌 이젠 다정한 나의 네가 아니다.

그리움으로

지금껏 간직해 온 그리움들을
모두 모아 드러낸다면
보고 싶은 당신을 만날 수 있을까?

그리움으로 지새웠던 지난 일들을
무엇으로 대신할 수 있을까?

아쉬움의 눈물 속에 지내던
기다림의 날들을
그 수많은 날을 다시금 헤아리면
떠나간 당신이 다시 돌아온다는 말인가?

이제서야

이제야 알았습니다.
당신을 떠나보낸 내 가슴이
무거운 쇳덩이로 되어 버린 걸.

이제야 알았습니다.
소녀를 삼켜 버린 하늘이
붉은 노을이 되는지를.

이제야 알았습니다.
헤어짐은 끝없는 그리움을 남긴다는 것을….

내 영혼에선

내 영혼에선 어떤 냄새가 날까?
고이고이 접혀 온 내 영혼이
마지막 날이 되었을 때
어떠한 빛깔을 내며 타들어 갈까?

장미의 그 빛깔만큼이나 아름다운 향이
내 영혼을 적셔도 좋겠고
순백의 백합이 육체를 물들여도 좋겠고
국화의 노오란 향기가 그윽하게
날 감싸도 좋겠다.

하지만 장미는 더 이상 다가갈 수 없는 가시가 싫고
빨리 변색해 버리는 백합도 적합하지 못하고
국화는 한설을 견디지 못한다.

한 사람을 사랑했기에 죽을 때까지

그 마음을 간직하고 싶다.

그래서 난 매화의 헤프지 않은 향기가 좋다.

고독

누구나 고민과 두려움을 갖고 있다.

현실과 이상에 대한
불합리한 사고에 대응해
고독하게 되는 것이다.

고독이란 때때로 인간 생활에
사고적 풍요를 주는 것이다.

엄마의 성

저기 나의 집이 보입니다.
하지만 갈 수가 없습니다.
엄마의 포근한 가슴이 날 기다리고 있지만
난 갈 수가 없습니다.

엄마의 손짓을 계속 지켜볼 수 없어
뒤돌아 눈물 흘리며 슬퍼했습니다.

이 순간 날 붙잡아 두는
이 집착과 오만을 뿌리치지 못해
엄마의 따스한 성으로
돌아갈 수 없습니다.

나의 모습

가슴 속에 파아란 새가

하늘로 날아오르지 못하고 묻혀 있다.

찢긴 날개를 감싸며 슬퍼하고 있다.

진정한 삶을 살지 못한

가난한 나의 모습이다.

난 널…

난 널 사랑할 수 있었다.
난 널 그리워할 수 있었다.
난 널 기다릴 수 있었다.
난 널 미워할 수 있었다.
난 널 믿을 수 있었다.

하지만 난 널 보낼 수 있었다.

그리고 넌 날 떠날 수 있었다.

우린 사랑이란 이름으로
모든 걸 묻어 두었다.
잊혀질 수 없는 서로의 너를 뒤로한 채….

마지막 사랑

인간의 삶에서
한 번쯤 뜨거운 사랑을
한다는 건 참으로
귀중한 재산인 듯싶다.

아름다운 꽃으로 피어나든
그렇지 못하든
가슴속에서
영원히 타오를 테니까?

내게는 꼭 한 번의
사랑이 남아 있을 것이다.
아직 네가 돌아오지 않았기에….

돌아올 수 없는 당신

하루의 해가 서산 어귀로
서서히 되돌아간다.

이처럼 세상일은
언제나 제자리에
머무는 것이며
항상 돌아가게 되는 것이다.

함께했던 그 많은 시간을
붙잡고 늘어져도
강물처럼 흘러간 당신만은
다시 돌아올 수 없나 봅니다.

슬플 때는

작은 나의 친구는
슬픈 날이면
노을 바라본다고 합니다.

언젠가는 마흔네 번이나
해 지는 광경을 보았다고
내게 말하더군요!

그 어린 친구를
무엇이 괴롭혔을까?
궁금해 물어보았더니
대답 없이 금발의 머리를
날리며 날 보더군요.

난 한없이 한없이
거닐 때가 있습니다.

집 앞 가로등 아래를
수없이 맴돌거나
길게 뻗은 도롯가를
거닐어도 봅니다.

이렇게 오랜 시간을
걸어 다니지만
당신을 만날 수는 없습니다.

네 영혼

식어진 작은 손 위에

따스한 입김을 불어

네 영혼이 되살아날 수만 있다면

그래서 지난날 함께 거닐던

하얀 파도가 꺼지는

바닷가 모래밭의 속삭임을

다시 한번 들을 수 있다면….

일기

당신을 처음 만나던 날부터
줄곧 하루하루를 되새겨 왔습니다.
잠자리에 들기 전
당신을 또 한 번
떠올렸던 것입니다.

많은 시간이 지난 지금
이미 당신은 내 곁을 떠났고
이젠 그리움의 눈물도
남아 있지 않으리라 생각했건만
지난날 당신의 흔적을 읽으며
또 한 번 가슴 아파합니다.

운명적 만남

운명이란 게 있다면
그런 사랑을 하고 싶다.
첫눈에 확 반해 버리고 싶다.

운명적 만남 앞에서
진실되고 낮아지는 사랑이고 싶다.
그 역시 운명을 믿는
사람이어야 한다.

한 번쯤 이룰 수 없는 사랑에
가슴 아파 밤새 눈물을 흘리며
소중한 사람을
다시 떠올려 봤던 사람.

그런 사람이라면 헤어짐이란 걸

소중히 여기며

만남의 운명을 믿을 것이며

정말 멋진 사람일 게다.

눈이 내리면

이렇게 눈이 소담스레
내리는 날엔
우린 한 조용한 카페에서
무작정 만나기로 했습니다.

당신이 떠난 후로
단 한 번의 눈도 내리지 않았습니다.

지금 그 작은 카페로 달려가면
그 환한 당신의
웃음을 볼 수 있을까요?

그러나 용기 없는 난
조용히 눈을 맞으며
그 카페 문만 바라봅니다.

나의 마음은

돌아서 가던 당신을
잡지 못하던 나의 마음은
용기 없는 것이 아니라
다시 돌아올 당신에
대한 믿음이고 싶습니다.

환한 웃음으로 다시 돌아올 당신을
기다리는 나의 마음은
무딤이 아니라
인내이고 싶습니다.

떠난 당신을
그리워하는 나의 마음은
미련이 아닌
사랑이고 싶습니다.

외면

지금 당신의 변해 버린 모습이
모두 나 때문인 듯싶습니다.

우리의 순수하던 시절
당신을 보내야만 된다고 생각했습니다.
당신은 나와 함께
행복했던 것인데 말입니다.

모든 걸 제자리로
돌릴 수 없을 만큼
멀리 와 버린 지금

얼마든지 날 원망하며
미워해도 좋습니다.

하지만 당신은
너무도 가혹합니다.

외면이라는 무거운 짐을
홀로 지게 하는군요!

12월 24일 1

눈이 내리길 바라며
당신을 만나러 나갔습니다.

무심한 하늘은
나란히 걷고 있는
우리에게 비를 뿌려 댔습니다.

우린 비에 섞여 엉망이 되었고
바람은 너무 차가웠습니다.

그래도 좋았습니다.
당신이 시린 손을
처음으로 잡아 주었습니다.

수줍게 내민 카드는

빗물에 얼룩졌고

나의 눈물에

다시 한번 번집니다.

12월 24일 2

다시 한번 하늘이 미웠습니다.

비가 내리길 바랐던

내게 눈을 내려 주었습니다.

그날 이후 난 언제나

허전하고 외로웠습니다.

거리를 지켜 서고 있는 가로수는

마지막 한 잎까지 잃었습니다.

그 모습은 당신을 그리워하며

서 있는 부끄러운 나입니다.

다가오는 시간

시간이 다가옵니다.
아쉬움으로 색칠되어질 시간들이
누군가를 기억 속에서
밀어내야 한다는 건 안타까운 일이
아닐 수 없습니다.

당신의 웃음소리를
여전히 기억하며
간직하고 있는데 말입니다.

당신을 생각하며 슬퍼하는
오직 한 사람이 있다면
바로 나이길 바랍니다.

보낸 후에

당신은 만남에
얼마나 충실했나요?
당신을 세상 그 누구보다 더
행복하게 해 주고 싶었습니다.

나의 그 노력도
무의미해져 버린 지금

당신의 그 환한 웃음도
내 가슴에 돌아와
눈물로 바뀌어 버립니다.

아무리 서로에게
진실했다 하여도 헤어짐은
아쉬움과 아픔을 남깁니다.

보낸 후에 가슴을

찢는 한 가지의

일이 꼭 있는 겁니다.

마지막 한마디

이제는 당신에게
말할 수 있습니다.
마음속 깊이 묻어 두었던
어떤 누구에게도 말하지 못한
나의 진실과
이런 고통 속으로
밀어 넣었던
도저히 견딜 수 없었던 현실을….

당신은 얼마나
먼 곳에 있기에
내게 되돌아올 수 없는 겁니까?
그 무엇이 우리를 막고 있기에
더 이상 난
당신에게로 갈 수 없습니까?
이 한마디를 하지 못하고….

내 좋은 사람

차를 타고 달리고 싶다.
바다로 달려가고 싶다.
이런 날이면 굳이
눈물을 숨기지 않고 찾아가
마음껏 가슴을 붙들고
울어 버리고 싶다.

내 좋은 사람을 만나고 싶다.
이 가슴을 가장 따뜻하게
감싸 줄 수 있는 사람을.

이런 흐린 날엔
짜증스러운 날엔
장미꽃 한 다발로
싱그러움을 안겨 주는 사람.

철없는 마음을 이해해 주며

지켜 줄 수 있는 포근한 사람.

그럼 가슴은 무척 따뜻한 사람일 게다.

하지만 지금 난 그런 너와 헤어져 버렸다.

외로움

외로움은 이렇게 삭혀 버릴 수밖에 없는 겁니까?
그래서 외로움이던가요?

마음속 깊이 묻어 두었던 당신을
꽁꽁 묶어 두려 하지만
머릿속 기억은 이제 당신을
놓아주어야 한다는군요.

수많은 별빛이 내린 아름다운 이 밤에
난 왜 눈물을 흘려야 합니까?

시간

시간은 많은 걸 가져다주지만
또한 많은 걸 잊게 하지요.
어릴 적 아름다운 일들이나
간직해 오던 추억들은
멀리 시간 속에서 묻혀 버리죠.

하지만 사랑하던 사람의 기억은
흐려지는 것이 아닙니다.
자연스레 머리카락이 길어 오듯
그리움은 마음속 깊이에서
조금씩 자라는 거지요.

작은 마음

꽃봉오리가 꽃잎을
터뜨리기 전에
그 향기와 빛깔을 잃어버린 채
시들어 버린다면
화려한 꽃망울을
피울 수 없다면
얼마나 안타까운 일입니까?

당신의 그 눈빛을 기억하고
간직하려 하나
망각의 샘물은 굽이치며
내게로 다가옵니다.

마지막 남은 어렴풋한

기억을 붙잡고 있습니다.

당신의 마음을

아직 가질 수 없었기에….

다시 만나야 할 사람

당신을 만나기 위해
집착하지 않으렵니다.
만나야 할 사람들은
언젠가는 어떻게든
꼭 만나진다고 했습니다.

난 잘 알고 있습니다.
우리는 틀림없이
다시 만나야 할 사람입니다.
함께 기뻐했던 만남이 있었듯
슬픈 헤어짐이 있었기 때문입니다.

날 기억한다면

당신의 차가운 뒷모습을 다시 보았습니다.

이틀이 지난 지금
당신은 무슨 생각을 하고 있습니까?
서러운 이 눈물을 알고 있습니까?

함께 아파할 한 가지 추억이 생각난다면
당신은 다시 날 찾아올 것입니다.
아니 찾아와야만 합니다.

당신을 그리워하며 수많은 밤을
눈물로 보내야 했던 날 기억한다면….

슬픈 가로등

당신은 내가 없어도
행복할 수 있는 겁니까?
오늘도 무심히
집 앞 가로등을 바라봅니다.
그 아래를 한 번
거닐기도 하면서요.

언제나 그 빛은
서럽기만 합니다.
다시는 당신이 날 기다리고
서 있지 않을 거라는 걸
알고 있기에 말입니다.

당신이 그날 밤

그곳에 서 있었기에

더욱 환했던 가로등은

항상 날 지켜보고 있습니다.

당신을 기다리는 어리석은 날….

잊는다는 건

시간이 흐르면
한 사람의 기억이 자연스레
잊힌다고 생각하지요.
하지만 그건 그리움이
잠시 무딤의 옷을 입어 본 것입니다.

그리움이 그 옷을 벗고 밀려오게 된다면
이건 걷잡을 수 없는 아픔을 남깁니다.
밤이라는 어둠이 미운 것입니다.
눈물로 지새워야 할 그 긴긴밤이 두려운 것입니다.

아픔은 무엇으로

아픔만큼 성숙해진다 하더군요.
성숙은 한다지만
그 아픔은 무엇으로
감당해야 합니까?
떠난 임이 한없이
그리운 것인데 말입니다.

그 자리를 무엇으로
채우라는 말입니까?
여전히 그 뒷모습은
마음속에서 날 울리고 있는데 말입니다.

기다림 1

언젠가 네가 날 기다리던
여름밤의 집 앞 가로등
그 불빛보다 더
고운 웃음으로 다가와 있었다.

왜 이제서야 돌아왔냐는
행복한 원망의 한마디를 던지며
그동안 잃었던 사랑을 찾으려 했으나
난 널 다시 보내고 말았다.

밤마다 흐르는 눈물과
아픔은 나의 몫인 걸 알면서
잡아끄는 집착을 이기지 못하고
난 널 보내야 했다.
마음속 깊이 묻어 두었던 널….

기다림 2

유난히도 추운 겨울 어느 날
당신을 만나기 위해
번화가의 한 카페 밖을
지켜 서고 있었습니다.

그리 오랜 시간을
추위에 떨며 기다리던 내게
눈길 한번 주지 않고
당신은 뒤돌아섰습니다.

순간 모든 기대는
겨울바람 속으로 흩어져 버렸습니다.
하지만 당신의 뒷모습은
너무도 작았습니다.
당신 역시 아파했던 것입니다.

기다림 3

이제 널 이해할 수 있을 것 같다.
단지 잃었던 사랑을 찾고 싶었고
둘 아닌 하나가 되어
영원히 함께하리라는
믿음으로 다가왔던 너에게
엄청난 아픔을 주었던 것이다.

나 역시 그런 감정들을
네게서 되돌려받으며….
어쩜 그때의
네 맘을 알고 싶었던가 보다.

하지만 널 잊을 순 없다.
단지, 네 아픔을 조금
맛보았을 뿐이다.

언제나 이 자리를 지켜 서며

널 기다리고 있을 거야.

나의 소중한 널….

두 번째 눈물

네게 마지막으로
물어보고 싶다.
잃어버린 사랑을
다시 찾아온 날
이대로 보내고
정녕 넌 태연하게
네 삶을 살아갈 수 있어?

하지만 낙엽을
쓸어 버리는 차가운 바람처럼
넌 나의 앞을 지나쳐 버렸다.

널 기다리며
힘겨웠던 날 두고선….
난 또 한 번 널 잃어버렸다.

더 이상 널 그리워하지 않게
해 달라고 빌었다.
하지만 다시금 네 편지를
손에 들고선 눈물을 흘리고 만다.

잃어버린 사랑

기다림으로 인내를 배우고
그 인내로
내 사랑을 기다렸습니다.

돌아서 가던 당신을
미워할 수 없었기에
아무런 이유도 없이
헤어져 버린 지금

당신의 그 환한 미소가
다시 보고 싶어집니다.

하지만 하늘의 별을
가질 수 없듯
떠나간 당신은
다시 돌아올 수 없나 봅니다.

당신은

헤어진 사람은
다신 만나선
아니 된다고 생각합니까?
그렇게 믿고 있는 겁니까?

그렇다면 왜인지요?
왜 한 사람에게서 잃었던
사랑은 다른 이로
채워야 한다는 겁니까?

당신의 따뜻한 체온을 여전히
느끼고 있는데
다시는 만나지 말아야 합니까?

만남을 소중히 할 때

우리가 돌아서 걷는다고 해도
지난날 일들을 잊은 건 아니야.
포근하게 감싸던
봄 햇살 아직도 느끼고 있어.

행복한 날들은 잠시뿐인데
이토록 커다란 아픔을 남기고

다정하던 너만의
눈빛도 여전히 느끼고 있어.

홀로된 지금도 너를 기억하는 건
우연히 마주친 너의 모습 앞에서
슬퍼지지 않게 준비할 뿐이야.

만남을 헤어짐의

아픔만큼 소중히 여길 때

다시 사랑할래.

따스한 미소

많은 걸 바라진 않았어.

날 위한 따스한 미소뿐.

뒤돌아 가던 널 붙잡진 않았어.

다시 돌아올 것을 믿기에….

별빛이 맑게 내린 밤.

어두운 작은 방에 홀로 앉아

슬픔의 눈물을 흘리는 건

갑자기 다가와 가슴을 두드리던

너의 고운 미소를 잊지 못하기에….

환생

한 줌의 재가 되어
어느 이름 모를 작은 강가에
내 영혼이 뿌려지고
다시 태어날 기회를 얻는다면
바위로 살아가고 싶다.

그래야 너의 눈을 보아도
그 환한 웃음을 보아도
그냥 난 지나칠 수 있다.
그저 커다란 바위이니까.

처음으로 내게 보이던
그 고운 웃음을
잊지 못하기에
네가 떠난 지금도
난 괴로운 것이다.

자존심 < 사랑

너를 향한 마음을
정리하지 못하고
여전히 널 기다리는 건

날 지켜야 하는 자존심보다
널 간직해야 하는 내 사랑이
더욱 커다랗게
자리매김하고 있기 때문이다.

시간이 흐르면

네가 좋아하던
긴 머리칼을 잘라 버렸다.
마지막 남겨진
그리움까지 끊어 버리고 싶었기에….

시간이 흐르면
자연스레 잊혀질 것만 같았다.

짧았던 머리칼이
시간의 흐름에
점점 길어질 때
너에 대한 그리움도
더욱 짙어만 갔다.

사랑니

어차피 어긋난 사랑이라면

뿌리째 뽑아 버리자.

아름다운 사랑을 위해

끝까지 키워 보리라 했던 사랑니.

속에서 상하고 제대로 뿌리내리지 못한

20살의 내 사랑 노래는

오늘 그 아픔의

고통을 달게 받으며

내게서 떨어져 나갔다.

끝까지 지켜 나가려 했던 소망도

고통만큼 강하지 못했나 보다.

아침이 오면

아침이 다가오는걸

두려워하진 않는다.

단지 마음속에

찾아온 평정이

밝아 오는 태양 속에

생기발랄한

싱그러운 아침 속에

묻힐까 괴로운 것이다.

깨어나면

깨어 있다는 게 싫다.

머릿속에 묻혀 있는

너의 기억을

다시 떠올려야 하는 건

내 생활에 있어

결코 아름다운 일은 아니다.

왜 넌 내 곁에 있지 못하니?

지난날의 즐거웠던

일들은 네가 없으므로 해서

고통일 수밖에 없는데….

비가 내리면

창밖을 촉촉이
적시는 비가 내리면
네가 그리워진다.

떨어지는 빗물을 보며
너를 생각하는 나처럼
너에게 생각나는
그리운 사람이고 싶다.

비는 항상
그리움을 땅으로 보낸다.

빗소리를 들으며
지금껏 걸어온
나의 좁은 골목을 바라본다.

우리 엄마

처진 엄마의
어깨를 바라보고 있노라면
이 가슴이 무너져 옴을 느낀다.

엄마 앞에선
언제나 어리광을 부리고
짜증을 내며
온갖 일들을 다 해도
우리 엄만
꼬옥 안아 주신다.

내 엄마니까.
언제까지 그 품 안에
안겨 꿈을 먹으며
희망의 아침을
바라볼 수 있을까요?

사실 난 이렇게

커다랗게 자라 있는데….

새벽에 깨어

새벽에 천둥소리 때문에
잠을 깨곤 했다.

마치 사랑을 잃어
울며 밤을 새우다
눈앞에 닥쳐온 이별의
커다란 슬픔에 지쳐 잠들다
다시 그 서러움에
북받쳐 울어 버리는

그래서 사랑의 맹세도 잠도
제대로 이루지 못하는 쓰디쓴
술잔이 주인공이 되어 버린다.

별이 되어

소리 없이 조용히 사라지고 싶다.
저 푸른 하늘의 이름 없는
작은 별이 되고 싶다.

고요한 그 침묵의
반짝임이 되고 싶다.
그래서 널 마음껏 바라보고 싶다.

누군가에게 발견되어 별자리가
세상에 알려지는 건 싫다.

오직 한 사람의
눈 속에 마음속에 존재하고 싶다.
영원한 반짝임으로 기억되고 싶다.

새하얀 눈이 내리면

저기 저 하늘에서
평평 새하얀 눈이
마구마구 쏟아졌으면 좋겠다.

눈사람도 만들구 눈싸움도 하구
차갑고 예쁜 눈을 조금씩 뭉쳐 가며
내 어린 시절의
아름다운 이야기를 적으며
내가 알지 못한 것들을
다시 일깨워 주며

눈처럼 깨끗한

세상을 만들겠다던

철없던 이야기도

내 아픈 이야기도

불어오는 차가운 바람 속으로

날려 보내야 한다.

보랏빛 포근한 집

저기 멀리 보이는 보랏빛 등불은
날 위해 밤새도록 켜놓은 한 송이의
꽃이길 바란다.

내가 돌아오기를
바라며 기다리며 준비하는
작은 집에 조용히 다가서고 싶다.

그곳엔 따뜻한 벽난로와
한잔의 커피가
진줏빛 탁자에서
기다리고 있을 것이다.

쓴 커피 한 잔을 마시며
그동안 찾아다니던 모험의 피곤함으로
서서히 녹아드는 잠을
가슴이 넓은 이의 어깨에 기대어 안식하고 싶다.

보랏빛 커튼으로 아침 햇살이 부서질 때
비로소 눈을 들어 맑아 있는 하늘을 바라볼 것이다.

짝사랑

누군가를 만나기 위해 길모퉁이를
지켜 서며 조용히 기다린다.

그의 발걸음 소리는
내 귀에 친근한 것이며
그 소리를 좋아하리라.

멀리서 그의 소리를 듣고
내 가슴은 설레겠지만
난 그를 향해 달려갈 수가 없다.

언제나 혼자만의 아름다움이요
슬픔이니까….

눈물

어두운 거리를
조용히 가로등은 비춘다.

눈물은 사람들의 슬픈 이야기를
들으며 자라는 것이다.

눈물은 이룰 수 없었던
내 작은 사랑과 함께했다.

그래서 난 널 보내야만 했다.

이별이란

이별은 아쉬움의 후회이고
마지막 수단이자 방법이요 결론이다.

하지만 이별은 생각처럼 그리되지 않는다.
그리고 이별은 마지막이 아니고
과정이요 반복 학습이며 필수 과목인 것이다.

왜?
영원한 건 없기 때문이다.
나에게 반론을 일으킬 사람이 있다면
그건 무척 좋은 현상이다.

적어도 그들은 자기의 사랑만은 영원하리라 믿으며
하나둘 쌓아 갈 것이기에….
그런 사람들의 소망들처럼 영원을 마시며 살고 싶다.

비워진 영혼

너의 그 미소가
날 채우리라 생각했었다.

하지만 넌 나의 채워진 영혼을
좋아할 수는 없었나 보다.

나의 영혼을 흔들었던
널 잊어야만 하는가?

네 미소가 날 떠났을 때
내 영혼도 달아나 버렸다.

운명의 선

이제는 알 것 같다.

소쩍새의 울음도
먹구름 속에서 숨어 있는
천둥의 마음도….

서로를 그리워하자.

그리워하는 이들은
언젠가는 만나지리라.

서로를 간직하며

추억을 떠올리며

우리를 비껴간

운명의 선을 원망하며

언제나 힘이 되며

다시 나를 찾을 수 있는 슬픔인 것이다.

거리에서

사람이 많이 다니는
도시의 한복판에서
그리움에 싸여
한 사람을 떠올려 본다.

네가 떠난 그 슬픔에
한없이 한없이 걸어 본다.

나의 아픔도
화려한 도시의 불빛 속에서는
아무런 의미도 없는 것이다.

이 길을 쉼 없이 걸으면
나를 떠난 널 다시
만날 수 있을 것 같다.

꺼지지 않는 꽃

아직도 널 잊지 못해
채우지 못한 빈자리가
조금이라도 남아 있는 걸까?

나의 경솔하고
무책임한 행동에 대해
주의를 주고 지켜 줄 수 있다고 생각했다.
그 은은한 눈빛이 말이야.

서로 침묵하던 그 시간으로
지극히 자연스레 헤어짐을 한 것이다.

마음 깊이에는 여전히 꺼지지 않는
불꽃을 간직한 채….

이별 후에도

오랜 슬픔은 날 지치게 한다.

이별 후에는 너의 자리가
커다랗게 비어 있음을 알았다.

무엇으로든 그 자리를 채울 수
있으리라 생각했었다.

시간이 갈수록
널 잃은 난
초라하게 쓰러져만 갔다.

바보 같은 날 남겨 두고

어디론가 가 버린 넌

어쩔 수 없는

나의 아름다운 사랑이다.

바다

바다!
그 넓은 품속으로
뛰어가고 싶습니다.

끝없는 넓음으로 아량을 가르쳐 주고
마음의 평화를 찾게 해 주던
바다가 보고 싶었습니다.

푸른 파도가 밀려와
이내 하얗게 꺼져 가듯

당신은 사랑으로 다가와
눈물로 뒤돌아서 갔습니다.

하지만 썰물이 있으면
밀물이 있듯

당신이 꼭 다시

돌아오리라는 걸 믿습니다.

나의 두 줄기 눈물이 식어 버리기 전에….

한 송이의 진실

당신을 좋아한다는 것만으로 만족해야겠죠?
하지만 마음 구석에 피어난
작은 슬픔의 꽃 한 송이.
이 꽃이 다시 아름답게
향기를 간직하려면
당신의 사랑이 필요합니다.

당신을 좋아할수록
나의 슬픔은 커져 가지만
그래도 잊을 수 없기에 기약 없는
그날을 기다립니다.

아름답게 다시 피어날 그날을….

나의 눈물로 커 갈 슬픔의 꽃.
한 송이의 이 꽃은
나의 순결입니다.

많은 날을 눈물로 지새우고 있지만
언젠가는 이런 나의 모습을
알아주실 것을 믿어요.

날마다 날마다 당신을 기다리며
시들어 가고 있겠지만
당신을 만나는 날엔
화려한 꽃으로 다시 피어날 것입니다.

회의

어둠이 삼켜 버린 도시의 불빛은
너무도 화려하다.

이 화려한 불빛만큼이나
나의 앞길도 아름답길 바랐다.

하지만 의미를 부여하지 못한 채
버려 둔 시간이 너무 많았다.

이제는 되돌려받을 수 없는
지나간 시간이 되어….

노을

바람이 나뭇가지를 흔들 때
저 서편 하늘의 붉음을 보았다.

저 하늘 아래
저 붉음 아래
사랑하는 사람을 그리워하다 죽어 간
아름다운 소녀의
식어진 주검이 있을 것만 같다.

널 그리워하며 지쳐 가는
나의 마지막 모습이….

꼬마들의 웃음

슬픔의 눈물을 흘리다가도
다시금 웃을 수 있는 건
골목 여기저기서 뛰놀며
다니는 티 없이 맑고 맑은
꼬마 녀석들 때문이지.

아직 때 묻지 않고
간직한 순수한 마음.

세상엔 하고 싶은 일도 많고
해야 하는 일도 많지만
모든 것들이 뜻대로 되지
않는다는 걸 알았을 땐

이렇게 커 버렸고

순수한 미소마저

잃어버린 뒤였다.

봄과 함께

봄이 싸늘한
나의 손을 잡았다.

지난가을 낙엽과 함께
사라진 당신이

이 새잎과 함께 돌아와
식어진 나의 가슴을 따뜻하게
녹일 수는 없습니까?

푸른 잎은 긴긴 겨울 동안
땅속 깊이에
뿌리를 숨겨 두었습니다.

난 당신의 그 고운 미소를 간직하며
그리움을 안고 있습니다.

나의 사랑

아름다운 꽃을
피우기 위한 꽃봉오리의
침묵은 화려하기만 합니다.

지극히 고요하고
작은 떨림도 없습니다.

나의 작은 사랑은
왜 이다지도 슬퍼야 합니까?

말없이 고개 떨구던
당신을 안을 수 없었기에
이 눈물과 아픔은
남겨진 나의 몫입니다.

그리움

간밤에 잠을 이루지 못하고
눈물을 흘리는 건
너무도 보고픈 사람이 있기에

많은 시간을 생각하고
정성을 모으고
마음을 아파하지만
임은 이런 나의 모습을
알지 못합니다.

다시는 볼 수 없는
당신의 그리움을
눈물로 채워야 합니다.

당신의 기억

이젠 당신을
잊어야 하는 겁니까?

떨어지는 낙엽 속에
당신의 기억을 묻어 보려 하지만

처음으로 나의 가슴을 두드리던
그 미소를 잊을 수 없습니다.

나의 영혼이 다하는 날까지
당신의 고운 웃음을 간직하렵니다.

4 : 4

우린 네 번을 만나
네 번 모두 헤어졌습니다.

누구의 잘못이며
이유가 뭔지는 모릅니다.

다만 서로의 마음을 가지기엔
너무나도 어렸고 두려웠던 것입니다.

생일

실록의 마지막 밤이다.

이젠 마지막 한 사람에게조차도
아무런 의미를 남기지 못했다는
아쉬움에 자멸하고 만다.

20개의 촛불 속에서
내 서러운 이야기들을
짓밟혀진 꿈들을 나누고 싶었다.

이제 여름의 풍성함 속에
지난날의 슬픈 기억들을 묻어 버리고
상기시키지 말자.

일 공 일 오

그 미소가 나의 마음을
회오리바람처럼
송두리째 삼켜 버렸을 때

아무런 방비와 대책 없이
무얼 하고 있었단 말인가?

가로수의 그 잎은
하나둘 바람에 흩날리고

난 너무도 맑은
가을 하늘에 취해 있었다.

지난날 처음 만났던
잎 진 공원에서의 너의 미소가 나를 채우고
그 모든 것들이 다가와
의미가 되어 버린 지금

우린 예서 그만두어야 하는가?
너의 그 환한 웃음은 어떻게 하고?

한 송이의 꽃

이 밤이 새기 전에
한 송이의 꽃을 피워야 한다.

널 보내야 하는 안타까움과
네가 행복하길 바라는
내 작은 마음이
한 송이의 꽃으로 피어나야 한다.

나의 눈물을 먹은 꽃 한 송이는
아침 햇살이 비출 때
그 향기와 빛깔이 더욱 짙어야 한다.

난 널 보낼 수는 없다.

나의 눈물이 아닌

너의 웃음으로 꽃이 피어나길 바라기에….

우리

작고 예쁜 초 하나를 밝혔다.

타오르는 불꽃이
앞으로 우리들의
만남에 어떠한 변화를
안겨 줄지 모르지만
점점 작아지는 몸집이
안타깝게 여겨진다.

지금 이 시간이 너나 나에게
무겁고 힘들게 느껴질지라도
흔들림 없이
걸어야 할 것이다.

앞길을 향하여….

눈물의 짙은 의미를 안고 그리움으로

다가오는 밤을 사랑하자.

비

고요한 새벽의
적막을 깨는 천둥소리와 함께
억수 같은 비가 내렸다.

수차례 흐림의 날을 보내며
다지고 있던 구름은
이렇게 많은 비를 내려보낸다.

너에 대한 그리움은 더 짙어만 가는데
비는 모든 것을 가지고 가 버리려 한다.

이 많은 비는 흐르는 도중에

커다란 강을 만들어

우리 둘의 사이를 막아 버린다.

그래서 난 비를 좋아할 수 없다.

사랑하지 못하니까

보내는 슬픔이 그리 컸을까?
연습하고 다짐하던 마음을
한순간 그리 쉽게
무너져 버리게
놔둘 수 있을까?

나의 마음은
더는 네 것이 될 수 없다.

아름다운 감정을 위해
좀 더 빨리 좀 더 따뜻한
웃음을 보여 줄 필요가 있었다, 넌
그 냉소를 빨리 버려야 했다.

사랑의 기술과 방법은
경험 없이는 이뤄 낼 수 없는 걸까?

이것이 마지막일지라도

너 아닌 난

널 떠나보내야 한다.

날 더 사랑하니까

아직 널 사랑하지 못하니까.

우리의 헤어짐은

너나 내가 바라던
헤어짐은 정녕 아니다.

그 한때라는 감정이 싫다.

널 좋아하고 있었는데….
넌 날 잡아 둘 수는 없었나 보다.

이젠 더 이상 내가 싫다.
누구보다도 영원하길 바라고
그렇게 하려 노력했던 나에겐
아픔만이 돌아왔다.

이것이 날 슬프게 하고 지치게 했다.

널 사랑하기 때문에

외로움을 알았을 땐
너에게로 달려가고 싶었다.

너무 멀리 느껴졌기에
용기란 것이 필요했었다.

언제나 가까이서 지켜보고 싶었다.
네 곁에 영원히 머무르고 싶었다.

너의 작은 빈자리라도
비집고 들어가고 싶었다.
널 사랑하기 때문에….

꿈

꿈을 꾸었다.
꿈속에서나마 한번 봤으면 했던
간절한 소망이 이루어졌다.

널 붙잡고 놓고 싶진 않았다.
하지만 깨어나게 되고
밝아 오는 태양을 원망했었다.

사랑이란 곧 헤어짐이다.

그 슬픔은 결국 시간 속에 묻힌다.
그러나 견딜 수 없는 건 다시 생각날 때이다.

이별 앞에 사람은 무기력해진다.
뒤돌아서 생각해 보면
아무런 이유 없이 헤어졌다는 걸
일깨워 주는 게 그리움이다.

추억은

별을 바라볼 수 있는 밤이 좋았고
너를 사랑할 수 있는 내가 좋았다.

하지만 지나 버린 즐거웠던 기억들은
슬픈 오늘이 되어
날 흔들고 있다.

추억은 오늘이 되어
슬픔을 안겨 주며
오늘은 다시
어제가 되어 날 괴롭히겠지.

긴 머리를 자르지 않겠습니다

당신이 아끼던 나의 긴 머리를
다시는 자르지 않겠습니다.

날 두고 떠난 사람에 대한 원망입니다.

그리움을 먹으며 조금씩 조금씩
머리칼이 길어 올 땐
기다림의 색은 짙어만 갑니다.

뭇사람들에게 밟히고
먼지를 쓸고 다닐지라도
머리를 절대 자르지 않겠습니다.

단지 당신이 다시 돌아오기만을 기다리겠습니다.

후회

사랑하는 사람과 헤어져 그 슬픔에
다시는 누군가를 사랑할 수 없다고 생각하며
지난 일들을 떠올려 본다.

하지만 비 온 뒤의 하늘이 더 맑고 깨끗하며
햇살이 더 따스하듯
헤어짐의 아픔을 맛본 사람이라면
더 아름다운 사랑을 할 수 있을 것만 같다.

가끔 네 모습이 떠오를 때면
참을 수 없는 쓸쓸함이 다가온다.

언제나 따뜻하게 감싸 주던 너였기에
후회도 나의 몫이다.

아무것도 바라진 않는다.

단지 널 간직하고 싶을 뿐이다.

한밤의 전화

한밤에 끊어 버린 전화가
꼭 너이길 바란다.

끊는 이유가
나의 맘을 살피기 위해서라면
걱정하지 마.

내가 말했잖아.
널 언제나 기다리고 있을 거라고….

넌 기억하고 있어야 한다.
내가 기다리고 있다는 걸….